Josef und sein Gefühl

Haben ein Herz gefunden

Josef Ambrosch

Impressum

Verantwortlich
für den Inhalt: Josef Ambrosch
Herzog-Georg-Straße 3
86316 Friedberg
josef.ambrosch@t-online.de

Druck: epubli – ein Service der
Neopubli GmbH, Berlin

„Einen Hafen für Worte gesucht,
dabei ein Herz gefunden.“

Einleitung

Das kleine Haus unter Bäumen am See.
Vom Dach steigt Rauch.
Fehlte er
Wie trostlos dann wären
Haus, Bäume und See.

Bertolt Brecht, Der Rauch

Die Zeilen von Bertolt Brecht zeichnen mit Worten Bilder, die mich daran erinnern, wie perfekt und vollkommen mir das Leben manchmal Momente, Augenblicke und das Leben von anderen Menschen zeigt. Ein Leben, dem aber genau dieser Rauch fehlt.

Der Rahmen und die Farben sind perfekt aufeinander abgestimmt, und oft bin ich versucht, keinen zweiten Blick auf dieses Bild zu machen. Ich habe jedoch gelernt, hinter Farben zu schauen und mich darin zu suchen.

Den Rauch in meinem Leben habe ich gefunden. Er ist meine Sehnsucht, mein Fühlen und meine Liebe. Deshalb bin ich immer da zuhause, wo mein Gefühl und die Liebe ein Feuer entzünden, und der Rauch sanft kräuselnd durch den Kamin Bilder in unsere Herzen malt.

der Moment
als ich mit dir
ohne Gepäck
in Gefühlen verreiste
und alles bei dir fand
was ich zum Lieben brauchte

Liebe braucht nichts so dringend,

wie Zeit für sich.

In der Entfernung

die absolute Nähe spüren.

… wenn die Arme eines Menschen

dein Daheim sind.

weil ich bin,
was ich bin,
wenn ich mit dir
zusammen bin,
bin ich mit dir
zusammen komplett,
obwohl ich ohne dich
ganz ich bin.

Ein Lächeln

ist manchmal die einzig richtige Antwort.

Nachts,
wenn mein Gefühl für dich
nur dein Ein- und Ausatmen ist,
denke ich oft an das Meer
und an die Einsamkeit,
wenn das Meer in der Dunkelheit
nur das Geräusch der Wellen ist.
Du wirst mir dann wesentlich
und mein Gedächtnis
räumt das Überflüssige auf.

Manchmal ist die Freiheit

gehen zu können

wann man will,

wertvoller,

als die Sicherheit bleiben zu dürfen.

Jetzt bin ich glücklich,
dass ich nicht der geworden bin,
der ich sein wollte,
sondern der,
der ich bin.

Eine Entscheidung

sollte man immer treffen,

ehe sie einen selbst trifft.

Hinter allen unseren Worten

ist eine Stille der Einsamkeit.

In jedem Menschen sitzt ein Herz,
das zu pochen beginnt,
wenn es von einem
anderen Herzen verstanden wird.

Einen Menschen
muss man manchmal dort abholen,
wo er sich in seinen Gedanken
verlaufen hat.

...und manchmal ist ein kleines Wort,

zur richtigen Zeit,

an der richtigen Stelle

die ganze Welt.

Vertrauen zu haben,

bedeutet auch,

sich angreifbar zu machen,

ohne sich gleich angegriffen zu fühlen.

Zwischen verliebt und lieben
ist immer eine Übergangszeit,
wie nach dem Duschen
das flauschige Handtuch.
Sozusagen die Schleuse
zur Ernsthaftigkeit.

Dich
lieben beginnt
nicht mit „Ich“

Dich
lieben endet
nicht mit „Dich“

„Dich liebe ich“,
ohne Anfang
und Ende,
so lange es
Liebe ist.

……und jeder Abend

hat am Ende eine Geschichte,

die Dich in den nächsten Tag mit nimmt.

Wie Gefühle reisen ist nicht wichtig.

Sie müssen vorsichtig

transportiert werden,

damit sie ganz ihr Ziel erreichen.

Immer wenn mir
eine Erinnerung
ins Herz fällt,
legen sich Gedanken
sanft dazu,
und die beiden
erzählen sich
die Geschichte
aus zwei Perspektiven.

Verzeihen ist oft der Stellvertreter

für eine Wahrheit,

die noch nicht erkannt ist.

Liebe kennt kein mehr oder weniger,
kein für immer und ewig.
Liebe ist der Moment,
der dem nächsten Augenblick
die Hand gibt.

Manche Worte fallen bis ins Herz.

Und manchmal

treffen Worte Gefühle dort,

wo sie ungeschützt sind.

Auch wenn alles gut ist,

ist es noch nicht das Ende.

„BABY I LOVE YOUR WAY“

von Peter Frampton

Immer wenn ich auf das Datum der Veröffentlichung dieses Songs, der einer meiner Lieblingssongs ist, schaue, denke ich darüber nach, dass ich 1975 die Liebe fühlte wie jetzt.

Damals mit 15 Jahren glaubte ich an die Liebe, so wie ich es heute auch tue. Ich sehe die 45 Jahre dazwischen als Generalprobe für das Jetzt, in der ich geübt und geprobt habe. Ich wurde bejubelt und ich wurde ausgebuht. Manchmal wurde eine Zugabe gefordert, und ab und zu wurde das Stück vorzeitig abgesetzt.

Ich habe jetzt verstanden, dass Liebe immer üben, proben und Lampenfieber ist. Das Stück „Liebe“ ist nur so gut, wie es die Akteure darin sind. Mein Herzmensch lässt mich wachsen und mich entwickeln, ganz einfach, einfach so.

Ich würde dem Stück heute folgenden Titel geben:

„Was die Liebe noch werden kann,
und was sie ist
(und von allen Gefühlen dazwischen).“

Es waren die Momente
des Scheiterns
in meinem Leben,
die mir die Angst
vor dem Leben
genommen haben.

Es gibt diesen Menschen,
der mich geändert hat,
weil er mich
einfach so gelassen hat,
wie ich bin.

Und dann triffst du einen Menschen,
der dein Leben noch schöner macht.
Solch einen Menschen
nennt man ein Geschenk!

Die schönste Art

an jemanden zu denken ist die,

ohne dabei nachzudenken.

An manchen Tagen

ist füreinander da zu sein,

alles was zählt.

Und während der Kopf

noch den Weg sucht,

hat das Herz die Abkürzung genommen.

Die Zeit vergeht,

und oft hat die Zeit

auch kleine Wunder im Gepäck.

Und manchmal

ertappe ich mein Lächeln dabei,

wie es an Dich denkt.

Etwas
einige Zeit
sein lassen,
um dem Gegenüber
Zeit zu geben,
etwas werden
zu lassen,
oder es sein
zu lassen.

Und manchmal sind Erinnerungen

die Kuscheldecke fürs Herz.

Wie „Heimkommen“

nach einer langen Reise

fühlt sich Liebe an.

Wie nach Hause kommen,

nicht an einen Ort,

sondern bei einem Menschen.

Es bleibt für mich
ein Geschenk,
im ganz Kleinen
das ganz Große zu sehen.
Die Melodie des Wassers zu hören,
die Geschichte der Wolken zu spüren,
und den frühen Herbst
im Gesicht zu lieben.

Es findet sich immer ein Weg,

der einfach,

überzeugend

und falsch ist.

All das, was wir wissen und gelernt haben,
ändert nichts daran,
dass wir jeden Tag
einfach wieder neu anfangen müssen.

In Umarmungen

sind die schönsten Sätze versteckt.

Liebe muss man nicht verstehen,

sondern ins Leben lassen.

Manchmal sucht der Kopf noch Worte,

die das Gefühl schon kennt.

Erinnerungen sind oft Geschichten,

die Herz und Kopf verschieden erzählen.

Die Zeit läuft davon,

und ich habe aufgehört,

ihr hinterher zu laufen.

als ob Glück

einen Grund brauchen würde …

Glück schenkt Dankbarkeit,

und mehr noch,

Dankbarkeit macht glücklich.

Zeit, die wir uns geben,

ist der Augenblick,

der uns zeigt,

wie oft wir sie vergessen.

und manchmal ist die Zeit reif,

aber die Dinge noch nicht,

dann muss man ihnen Zeit geben....

Spontan zu tun,

was mein Herz mir sagt,

ist immer eine „Last Minute Reise"

mit Glücksgefühl als Gepäck.

Ohne Vermissen
würde es kein Sehnen geben,
und ohne Sehnsucht,
würde ich das Leben vermissen.

Bruchstelle

Wir werden sein wie die scherben
der dinge aus ton: nie mehr
ein ganzes, vielleicht
ein aufleuchten
im wind

Reiner Kunze

Die Zeilen von Reiner Kunze, dessen Ein- und Ansichten ich sehr mag, lassen meine Gedanken gerade über das Leben, die Gefühle und die Liebe mit meinen Worten sinnieren.
Das Brechen der Liebe beginnt ja in den meisten Fällen nicht in der Liebe selbst.

Die Gewohnheit
sucht die Bruchstellen
der Gefühle dort,
wo sie wehrlos sind.
Und ein kleiner Knacks im Gefühl,
kann sich in der Selbstverständlichkeit
des Alltags, und der Sicherheit
einer Beziehung entwickeln.
Sie schleicht sich
unbemerkt
in unsere Worte
und lässt uns
selbstverständlich
werden.

Fehlende Kommunikation, Aufmerksamkeitsdefizit und eingefahrene Rituale und Routine werden dann zur Bruchstelle. Verlustängste und das Festhalten am Gewohnten ist wie der Versuch eine Vase mit Klebstoff wieder ganz zu machen. Die kleine Stelle wird immer verletzlich bleiben und leichter zerbrechen als der ganze Rest.
Dieses kurze Aufleuchten im Wind löscht meist der Hauch von Enttäuschung, des Betruges (an sich selbst und dem Gegenüber) und die Sehnsucht nach Vollständigkeit.
Ich will deshalb nie selbstverständlich sein und will nie aufhören, Dich anfangen zu entdecken.
Dies ist natürlich nur das Empfinden eines Mannes, der nicht nur über Gefühle spricht, sondern sie in sein Leben lässt, weil ohne Gefühl und Liebe, das Leben einen Knacks hat.

Als die Liebe
das Verliebtsein
verloren hatte,
Selbstverständlichkeit
die Leichtigkeit ersetzte,
und in der Tiefe
der Beziehung nur noch
Schwere war,
fand die Versuchung
leicht ihren Weg
des Verliebtseins.

Und meist,

kommt während wir noch überlegen,

ob wir schwimmen wollen,

die Welle.

Das Leben in Kurzform erzählt.

Stilles, leises Glück,

ein Gefühl

tief empfundener Zufriedenheit,

die sich wie eine warme Decke

um die Schultern legt.

Ein Lächeln und ein Bumerang

haben viel gemeinsam.....

und manchmal

verändert ein Lächeln eine kleine Welt....

Wenn es in der Liebe
nur um die Liebe geht
wird sie einsam
und beginnt sich
zu hinterfragen
wo das Leben
geblieben ist

Liebe lässt immer Platz für beide.

Manchmal,
wenn du nicht da bist,
lege ich
meine Gefühle
in ein Päckchen Sehnsucht.
Ich binde eine Schleife
aus Zärtlichkeit darum,
und öffne es,
wenn wir uns wieder küssen.

In meinem Leben habe ich
durch Niederlagen
mich selbst gewonnen.
Ich werde noch oft scheitern,
aber nie verlieren.

in die Nacht fallen,

still wie eine Feder

in ein letztes

windloses Wort von dir

auf ein Blatt Papier.

Manche Dinge die mich hinterher
schlauer gemacht haben,
wollte ich vorher sowieso nicht wissen.

Und manchmal

lässt uns das Leben alle Türen offen.

Mit dem richtigen Menschen,
zur richtigen Zeit
überlegt man nicht mehr,
ob es das richtige Gefühl ist.

Es gibt so viele Gefühle ohne Namen.

seitdem wir uns
gefunden haben
will ich dich
immer suchen
um Dich nie mehr
zu verlieren

Es ist schön,

einen „Weißt Du noch“ Menschen

zu haben.

Gefühle,

die von innen nicht zu erklären

und von außen nicht zu verstehen sind.

Dich lieben,

nicht weil du etwas Besonderes bist.

Dich lieben, weil Du es bist.

Die Türe zum Kinderzimmer im Herzen
immer ein Stück offen lassen.

Wir hätten uns nicht begegnen können,

aber dann hätte ich dich immer gesucht.

Direkt mit fühlen anfangen,

um sich nicht in Umwegen zu verlaufen.

Glück liegt nicht am Ende des Weges,

sondern auf oder neben ihm.

Das Leben verstehen zu wollen bedeutet,
es nicht zu verstehen.

Den Tag am Abend

einfach mal dankbar

in den Arm nehmen.

manchmal müssen zwei Menschen

zu weit gegangen sein,

um sich näher zu kommen

Egal

wie ich bisher Gefühle versteckt habe,

das Leben hat sie alle gefunden.

Es gibt Begegnungen,

die einfach passieren müssen, ...

und man muss das Passieren zulassen.

immer ein bisschen mehr Sehnsucht

als Angst zu haben

manchmal

muss man eine Begegnung riskieren

um seinem Herzen zu begegnen

als kein einziges
unausgesprochenes wort
mehr zwischen uns war
und wir uns liebten
wussten wir
wieviel unausgesprochenes
in der zeit vor uns beiden
keine worte gefunden hatte

und manchmal spielt eine Begegnung
Gefühl in allen Farben
und lässt beide
obwohl sich völlig fremd
das gleiche Lied hören

ein kleines bisschen weniger
ist oft dieses kleine bisschen mehr
an liebe

Gelebtes Leben lässt sich ja auch
an der Anzahl von Songs ablesen,
mit denen Erinnerungen wach werden.

Es gibt Wege,
die ich gegangen bin,
nicht weil die Richtung stimmte,
sondern weil sie einfach schön waren.

An dich denken,

ist wie ein Gefühl auf Reisen.

Ich gebe mir gerne Zeit,

um dem Leben Zeit zu lassen.

Mein Herz

hat sein eigenes Gedächtnis.

Bei dir fühle ich mich daheim,
und möchte bleiben.
Immer wenn ich fort muss,
vermisse ich uns.

Das Leben ist ja meist nur

eine Entscheidung weit entfernt.

diese Momente
in denen sich dein Herz öffnet
und du merkst
wieviel Platz darin ist

Die Freiheit lieben zu wollen,

weil man lieben kann.

Dich tiefer küssen wollen

als bis ins Herz.

noch nie war wortlos

bleiben

schöner als mit

dir

hinter allen unseren Worten

ist eine Stille der Einsamkeit

Träume sind verborgene Reisen

Ich muss zuerst
wissen
was ich für dich empfinden möchte
bevor ich heraus
finde
wie ich es dir sagen
kann

Das Leben stellt dir Fragen,

und du kannst nichts dagegen tun.

Und müsste ich all das Schwere
noch einmal erleben,
um dich zu finden,
ich würde es mit leichtem Herzen tun.

ein Wort ist ein Ort
von dem aus man in jede Richtung
gehen kann

ISBN 978-3-7565-0715-3

9 783756 507153 00002

www.epubli.de